Max Ferdinand Waldmann

Eine Kugel Hass, mit Zucker glaciert

story.one – Life is a story

story.one

1st edition 2024

Production, design and conception:
story.one publishing - www.story.one
A brand of Storylution GmbH

Font set from Minion Pro, Lato and Merriweather.

Lektorat: Dagmar Kübler. Dank allen 15 Unterstützenden beim Community Sensitive Reading und Interviews zu Vielfalt. Besonderer Dank: Judith, Emanuel, Claudia, David, Babak, Lino, Tori und Damien.

ISBN: 978-3-7115-1471-4

Ein Wunsch für die wilden Herzen, gefangen in Käfigen - Tennessee Williams

Für alle, die aufgrund ihrer queeren Identität Verletzungen und Unterdrückung erleben müssen. Lasst uns sichtbar werden.

INHALT

Intro: Dondurma	9
Queere Erzählküche I	13
Chanel Blutsport Edition	17
Flavor Bleistiftbitter	21
Schokobanane	25
Aromatische Rückerstattung	29
Kirschvanille-Kondome	33
CSDelight	37
Queere Erzählküche II	41
Gnocchi al Limone	45
Brezen-Schwuchtel	49
Crema d'Oro Paternoster	53
Lindenblütencreme	57
Teufelsküche	61
Eine Kugel Hass, mit Zucker glaciert I	65
Eine Kugel Hass, mit Zucker glaciert II	69
Eau de Courage	73

Intro: Dondurma

Ahmet Yıldız öffnete die schwere Tür des Wohnblocks, die widerwillig nachgab, als würde sie ihn zurückhalten. Die Hitzewelle, die ihm daraufhin wie eine undurchdringliche Mauer entgegentrat, schien ihm den Atem zu rauben. Die Luft flirrte, als hätte die Stadt selbst tief eingeatmet und ihn in dieser trockenen, bleiernen Atmosphäre wieder ausgespuckt. „Eis... einfach nur Eis“, dachte er. Die Vorstellung von kalter, cremiger Masse ist eine rettende Oase inmitten des Hitzeschleiers von Istanbul. Seine Gedanken kreisen um die kühlende Wirkung, die das Eis auf seine heiße Haut haben würde.

Italienisches Eis oder Dondurma? Dondurma schmilzt langsamer, ist klebriger, aromatischer. Die perfekte Abkühlung: Kirsche, Blaubeere oder Traubengeschmack? Blaubeere. Ganz klar. Köstliche Kombinationen aus Lokum, Rosenwasser und gehackten Pistazien... eine einzigartige Note. Oder vielleicht eine mystische Orchideen-Bliss-Variante: Dondurma mit Orchideenextrakt für blumiges Aroma, verziert mit kleinen essbaren Blüten und einem Hauch von Vanilleschote. Ahmet spürte, wie die Hitze sein Gesicht umschloss, als würde sie ihn in einen unsichtbaren Schwitzkasten nehmen. Der asphaltierte Weg brannte unter seinen Füßen. Eis essen. Ein kindliches Verlangen. Der warme Wind trug den Duft von Gewürzen und Straßenessen mit sich, während die Sonne den Himmel in ein leuchtendes Blau tauchte. Doch die pulsierende Energie der Sonne, die Fantasie eines zärtlichen Abschiedskusses und der Sommertraum einer Abkühlung erstarrten binnen Sekunden selbst zu Eiskristallen.

Donner. Ein lauter Knall. Stille. Hitze. Der Klang brannte sich in die Szene wie ein schmerzhafter Fehler.

Am 15. Juli 2008 wurde Ahmet Yıldız erschossen. Die Tat kann als der *erste dokumentierte* Ehrenmord einer Familie an ihrem Sohn aufgrund von Homosexualität angesehen werden.

Ich frage mich, was Ahmet an diesem Tag gedacht haben mag und wovon er geträumt hat.

Hat er seinem Freund einen Kuss gegeben, bevor er auf die Straße ging? Istanbul in einer pochenden Julihitze, die Hochhäuser, Millionen Gesichter und das bunte Treiben der Straßenverkäufer mit ihren Verlockungen – all das erinnert mich an meine Zeit in Buenos Aires. Dort wurde das Verlangen nach Eis in der drückenden Sommerhitze besonders intensiv. Betonsmoghölle, dachte ich oft. Hat Ahmet etwas Ähnliches empfunden? Der Bericht ist so lebendig in meinem Gedächtnis, besonders beim Genuss von Heidelbeereis. Ob Ahmet Dondurma oder Eis kosten wollte, bleibt für immer ein Geheimnis. Vielleicht probiere ich eines Tages Dondurma in Istanbul, aber egal, ich verspreche, mich immer an den Bericht verlorenen Lebens, verlorener Freiheit zu erinnern. Ahmets Geschichte hat mich zu diesem Buch bewegt. Wie können queere Geschichten über Gewalt, Mikroaggression und Minderheitenstress erzählt werden? Diese Episoden berühren nicht nur Einzelschicksale, sondern auch kollektive Herausforderungen - vor allem im Kontrast von Großstädten zum ländlichen Raum und der Kleinstadt. Mehr zum Versuch einer erfahrungsbasierten, queeren Erzählküche im nächsten Kapitel.

WHEN LIFE
HANDS YOU LEMONS,
YOU HAVE LEMONS.

Queere Erzählküche I

Diese Storys gewähren Einblicke in die realen Herausforderungen queerer Menschen, von subtiler Abwertung bis zu offener Gewalt, begleitet von Aromen, kulinarischen Eindrücken, Humor und Verarbeitungskunst. Die Geschichten enthüllen eine Welt, in der der Konflikt zwischen Diskriminierung und dem Verlangen nach Akzeptanz spürbar ist – in jedem Wort. Diskriminierung betrifft Menschen, die beispielsweise, weil sie nicht heterosexuell oder nicht weiß (oder beides) sind, benachteiligt werden. Hass ist zunächst eine emotionale Reaktion, während Gewalt in konkreten Taten sichtbar wird. Die Autorin Karen Blixen schrieb einst: "Alles Leid lässt sich ertragen, wenn man es in eine Geschichte verpackt oder eine Geschichte darüber erzählt." Was aber geschieht, wenn jemand keine Geschichte über sein Leid erzählen kann?

Wenn die Worte oder die Plattformen nicht existieren, dann erzählen die Geschichten *u n s.* Unerzählte Erfahrungen können Albträume verursachen und unser Verhalten beeinflussen. Lange Zeit war ich von diesen Geschichten, meinen eigenen und denen anderer, regelrecht besessen. Aber mir fehlten die Worte und die Methoden, um das Erlebte zu erzählen. Mit diesen Storys teile ich persönliche Erfahrungen mit Verletzungen sowie Erlebnisse, die mich nachhaltig geprägt haben. *Der erste Teil sind Storys, die ich erlebt habe, während die anderen die Sicht anderer queerer Protagonist*innen widerspiegeln.* Sie alle schreien danach, geteilt zu werden!

Die Interviewpartner*innen waren mit der anonymisierten Veröffentlichung einverstanden. *Queer* verwende ich für nicht heterosexuelle oder cis-geschlechtliche Menschen. Ich habe diverse Gender-Techniken (* bis zum Pronomenverzicht) ausprobiert und vor der Veröffentlichung ein Community-Reading durchgeführt. Die Kurzgeschichten gewähren Einblicke in das Universum queerer Erfahrungen mit Verletzungen, Mikroaggressionen und Intersektionalität. Intersektionalität ist ein Konzept von Kimberlé Crenshaw, welches die Verflechtung verschiedener Diskriminierungsformen und die Machtstrukturen, in welchen sie stattfinden, betrachtet. Das Erzählen wirkt oft heilsam, kann jedoch auch alte Narben aufreißen, die dann wieder Blut spucken. In diese Narben habe ich Salz, Zucker und andere Aromen gestreut.

Die heilsame Wirkung des Erzählens ist nicht universell, und manche könnten durch die Episoden erneut mit schmerzhaften Realitäten konfrontiert werden – daher eine *Triggerwarnung:* Die Episoden sind nicht für alle geeignet. Im besten Fall befreit die Kraft des Erzählens, ermöglicht uns, gestärkt hervorzugehen. Diskriminierende sollen nicht bloßgestellt, queere Personen nicht nur als Opfer dargestellt werden. Wir alle können Täter*innen sein - auch in der eigenen Community. Der Fokus der Geschichten liegt auf verletzenden Erfahrungen, um Verständnis und Empathie zu fördern – eine Erkenntnis, die uns alle betrifft. Die Aromen der Erzählungen sind ein sensorisches Fest: scharf, sauer, süß – tragisch und humorvoll zugleich. Momente bleiben haften, im Hals stecken oder werden kugelrund gelutscht. Manche wollen wir schnell vergessen, andere mehrmals kosten oder auftragen. Wir starten mit sechs meiner eigenen Storys. Guten Hunger und Genuss!

BLUTSPORT
Edition
Landsberg, 2005

Chanel Blutsport Edition

Wie passen Chanel No 5 und Fußball zusammen? Richtig. Erstmal gar nicht. Torsten Tatlos, unser Sportlehrer, predigt ständig über Ball in die Tiefe, Abseits und Foul – meine Triade des Grauens im streng nach Geschlechtern getrennten Schulsport. Doch für mich haben diese drei Begriffe eine völlig andere Bedeutung. Abseits? Wir sind die Letzten, die gewählt werden. Ich, „Olga“ genannt, und „Specki“. Vermute, diese Kosenamen muss ich nicht weiter erklären. „Müssen wir Olga wirklich wählen?“, scherzt einer zu Herrn Tatlos hinüber. Antwort des Lehrers: Ignoranz oder hämisches Lächeln. Einmal fasse ich allen Mut: „Olga, warum nennt ihr mich so?“ „Schau mal im Spiegel deine gebrochenen Handgelenke an.“ Dann wurde es eigentlich noch schlimmer.

„Wieder verbockt. Die braucht 'ne Strafe“, hallt es durch die Sporthalle. Zwei Jungs halten mich fest. Das Herz pocht. „Schieß ihn ab.“ Befehl wird ausgeführt. Ball im Zeitraffer. Lippenaufprall. Splash! „Alter, du solltest Olga doch nicht in die Fresse schießen!“, ruft ein anderer. „Sorry, sollte nur deinen Bauch treffen.“ Ist meine Nase gebrochen? Hautfetzen an der Zahnspange. Schmeckt nach Leder, Schweiß, Salz und Blut. „Ich muss kurz raus.“ Die Stunde komme ich nicht von der Toilette zurück, warte in der mit Edding beschmierten Kabine Nr. 13. In der Stille pocht mein blutiges, verletztes Gesicht. Knirschende Ledersitze, ungewollter Kontakt mit Metallreißverschlüssen, der leicht salzig-metallische Geschmack von Spinat - diese Dinge erinnern mich manchmal noch heute an die Situation. Jeden Tag fragt mich meine Mutter nach der Schule „Wie war's?“, und ich antworte stets mit einem knappen „schön“. Einmal habe ich ihr vom Sportunterricht erzählt, und als sie merkte, dass ich Angst hatte, wurde sie sehr traurig. Seit der 7. Klasse war es jedoch nie mehr wirklich "schön". Trotzdem möchte ich meine Mama nicht traurig machen. Also sage ich weiter „schön“.

Die Krönung ist meine Version von "Foul": In der Umkleide nach dem Unterricht bin ich am Schutzlosesten. Hier die Szene: Sven kommt ganz nah an mich heran. Leckt mit seiner feuchten Zunge über meine Backe: „Du stehst doch drauf.“ Ein anderer grinst diabolisch und spannt seinen Bizeps an: „Na, Olga. Leck mal an der Achsel.“ - Torsten Tatlos kommt in die Umkleide. Es komm nicht zur Achselprobe.

Seit meiner Jugend ist meine Hausärztin Dr. Pompom: Pinke Haare, funkelndes Strassstein-Stethoskop und lachsfarbene Plüsch-Pumps, die all meinen Barbies Konkurrenz gemacht hätten. Ich vertraute ihr meine Orientierung an. „Ich wollte dich schon immer mal fragen, ob du bi bist. Aber so what?“ Sie ist wenig beeindruckt. Zum ersten Mal fühle ich mich irgendwie verstanden. Ich erzähle ihr alles vom Sportunterricht. „Ganz klar. Dein Rücken. Sportunfähig“, sagt sie zwinkernd. „Sie riechen gut...“, bemerke ich. „Chanel No 5, wie Monroe. Könntest du auch tragen.“ Seitdem hole ich monatlich ein Attest. Danach schnappe mir eine Probe von Chanel No 5 in der Parfümerie. Dr. Pompom hat mich gerettet. Und ein bisschen auch ich selbst. Denn erstmals erkannte ich, dass ich Machtstrukturen überlisten muss, um zu überleben. Chanel No 5: Ein Sprung in die Freiheit, der die Erinnerung an Blutsport in einen Duftschatten der Vergangenheit verwandelt. Für immer.

Landsberg, 2010

Bleistift-Soufflé à la Cachapas

1 verletzende Bleistiftzeichnung
1 Prise Künstlertränen
1 Teelöffel Radiergummi-Magie

- Regenbogenfarbe zur
Überklatschung

Flavor Bleistiftbitter

„Porträtiert euch heute gegenseitig zum Schulanfang. Achtet vor allem auf Asymmetrien, das macht ein Gesicht aus“, hatte Frau Stümpler, unsere Kunstlehrerin, uns aufgefordert. Aber so sehr ich mich bemühte, konnte ich in Diegos Gesicht keine Asymmetrie entdecken. Die längeren Haare umrahmten sein Gesicht, seine grünen Augen strahlten den Charme eines Surfers aus. Die tiefe Stimme dröhnte wie ein Bass. Die Mädchen himmelten ihn an – ich auch. Aber nicht, weil ich auf ihn stand, *sondern weil er nett zu mir war.* „Nun sehen Sie Ihre Kunstwerke an der Wand. Erkennen Sie sich selbst in der Zeichnung ihrer Partner*innen?“, sagte Frau Stümpler. Hatte sie es wirklich aufgehängt? Oh nein. Da hing es... an der Wand, neben all den anderen Porträts. Oh, ich erkannte mich - gleich zweimal an der Wand. Einmal hing ich da - von meinem Partner Diego gezeichnet.

Doch es gab ein zweites Exemplar. Ich wurde heimlich gezeichnet, im Profil. Die Hitze stieg in mir hoch, mein Herz raste, und mein Gesicht glühte kirschrot. Einige lachten. Es fühlte sich an, als würden selbst die Wände über mich lachen. Auf Porträt Nummer 2 war mein Mund geöffnet - und Linien, die wegradiert wurden, blieben ein Geisterschatten auf dem Papier. War das - eine Banane? Aubergine? Nein, es war eindeutig - ein radierter Penis. Die Linien hatten sich ins Papier eingegraben, eingeritzt, in mir eingebrannt. Sie hatten eine Spur hinterlassen, trotzig gegen jeden Radiergummiversuch, sie zu vertuschen.

Hier hing es an der Wand: das Penisstigma.

Vor Peinlichkeit biss ich in die Bleistiftmiene - ein bitteres Bouquet aus Scham, Graphit und zyankaliartiger Schärfe. Nur leider fiel ich nicht tot um. Der bleistiftbittere Geschmack auf meiner Zunge erzählt die Bloßstellung meiner Sexualität. „Schau mal", zischte Dominik zu Edwin hinüber. Sie hatten sich einen Spaß daraus gemacht.

„Ist alles in Ordnung mit dir?", fragte Diego. „Ja, cool, alles cool", log ich piepsend. Ich versuchte, die Zeichnung zu ignorieren. Mir schossen Tränen in die Augen. Die Zeichenstunde endete. Alle packten zusammen. Edwin und Dominik lachten. Ich war sicher, Diego würde sich von mir distanzieren. Er stand auf und ging zu den beiden Jungs hinüber. Na klar, jetzt würde er sich mit dem Machoclub solidarisieren. „Steht ihr auf Max?“ Laut fragte Diego Dominik und Edwin. „Was willst du?“, sagte Dominik. „Steht ihr auf ihn?“, wiederholte er. „Ich denke ihr steht auf ihn, wenn ihr meinem Kumpel einen Schwanz in den Mund malt.“ „Alter, spinnst du – was soll das?“, stammelte Edwin. "Wieso zeichnet man einen Mitschüler ungefragt, wie er an einem Schwanz lutscht? Steh dazu und radier es nicht weg", provozierte Diego, ohne eine Miene zu verziehen. Einige Mitschülerinnen kicherten. „Was ist los, Edwin? Siehst aus, als hättest nen Geist gesehen“, sagte Diego sarkastisch. Edwin und Dominik verließen das Klassenzimmer. Diego holte die Zeichnung und drückte sie mir in die Hand. „Wir sind Freunde. Und jetzt gehen wir Cachapas essen. Wie in Kolumbien.“

Manchmal verletzen uns Bilder und Worte tief. Die Grundierung bleibt. Doch liegt es an uns, die Leinwände mit Regenbogenfarbe neu zu gestalten.

Landsberg am Lech, 2017

Bananen-Fiasko (Ein Anti-Rezept)

Zutaten:
1 Brise westliche, weiße Ignoranz
Ein Löffel Grenzüberschreitung
1 Brise Zimt
Glasur:
Rassismus, Sexismus & Homophobie vermengen

Schokobanane

Ich erschrecke kurz, als ich sie auf dem Parkplatz an der Flusspromenade sehe. Ist es wirklich Noah? Ich sehe ein Winken. Ja, es ist Noah. Wir haben uns ewig nicht gesehen, seit wir beide zum Studium in verschiedene Städte gezogen sind. Aber kurz vor Weihnachten kehren viele von uns in die kleine bayerische Heimatstadt am Lech zurück. „Hey! Na, was machst du denn hier?“, grinst sie frech, wie immer. Es fühlt sich ein wenig vertraut an. Ein Hauch von Vergangenheit liegt in der Luft, wie eine sanfte Melodie, die sich mit dem Duft von Glühwein und Zimt vom nahen Weihnachtsmarkt verwebt. „Treulose Tomate! Hast dich ewig nicht bei mir gemeldet.“ Und mir wird übel. Da ist es wieder, diese fordernde Art und etwas Passiv-Aggressives, das mitschwingt. Ein Kloß bildet sich in meinem Magen, und mir wird bewusst, dass auch meine Zimtallergie ihre unsanften Erinnerungen wieder aufleben lässt – der Grund, warum ich mich weniger gemeldet hatte und es mir doch immer ein wenig vor dem heimatlich bayerischen Weihnachtsmarkt grauste. „Du hast auch selten angerufen“, füge ich hinzu und lächle verlegen. Mir fällt nichts Besseres ein. „Und sonst? Alles okay?“, frage ich, um das Gespräch am Laufen zu halten. „Ja, voll. Geht mir gut. Hab gesehen, du hast einen neuen Freund, erfahre ich ja alles über Insta und Social Media.“ Ein kleiner Vorwurf schwingt mit. „Und feierst du Weihnachten mit deiner Familie?“, erkundigt Noah sich. „Ja, mein Freund kommt auch -.“ Sie unterbricht mich. „Echt? Und dann sitzt ihr alle um den Christbaum, du mit deiner Familie und der Schokobanane, du weißt schon der … wusste gar nicht, dass du darauf stehst! Lustig, da denk ich immer Schokobanane, weil, du weißt schon, ist ja doppelt lustig hihi.“ Das Gesagte hallte ein wenig in meinem Kopf nach. Wir redeten noch etwas Oberflächliches… „Vielleicht sieht man sich ja auf dem Weihnachtsmarkt?“, schlägt Noah vor, und wir verabschieden uns.

Im Auto hallt das Wort noch länger nach. Schokobanane. Schokobanane. Sie hatte das wirklich gesagt – und sie hatte meinen Freund oder besser seinen Penis gemeint. Und ich hatte nichts sagen können. Ich schwieg. Ich bin mit Fabio seit einem halben Jahr zusammen, und ja, er ist BiPoc. Und nein, wegen seiner Hautfarbe sind wir nicht zusammen. Sondern, weil er ein liebenswerter und toller Typ ist. Die Aussage schockiert mich. Ich ärgere mich grün und blau über das Treffen mit Noah – weil ich einfach nichts gesagt hatte. Ich wusste nicht wie. Ich fühle mich machtlos, und es fühlt sich beschissen an. Die Schokobanane schockiert im Doppelpack – weil dem ganzen nicht nur eine gewisse sexuelle Abwertung innewohnt, sondern es sich auch noch mit seiner Hautfarbe mischt. Michel Foucault schreibt, dass nichts von all dem, was der homosexuelle Mann ist, der Sexualität entrinnt; Sie ist überall in ihm präsent; allen seinen Verhaltensweisen unterliegt sie als hinterhältiges und unbegrenzt wirksames Prinzip; schamlos steht sie ihm ins Gesicht und auf den Körper geschrieben, ein Geheimnis, das sich fortwährend verrät. Ein bisschen so schmeckt es auch. Auf dem Heimweg, die schmerzhaften Worte von Noah im Gedächtnis:

Woher kommt diese ungebremste Neugier auf die Sexualität queerer Menschen und wie kann man angemessen auf schmerzhafte Abwertungen reagieren?

Dachau, 2023

Lavendel-Mutbad

Zutaten:

1 Tasse duftende Lavendelblüten
1 Prise Mut-Rückgabeessenz
1 heiße Badewanne mit 37°C
Eine Handvoll beruhigende Gedanken

Aromatische Rückerstattung

Bei Lavendel denke ich an vier Dinge: betörendes Lavendelöl, das sich mein Freund in die Haare gibt, entspannende Bäder mit Zusatz, malerische Lavendelfelder in der Provence. Sind nur drei? Richtig gezählt. Viertens denke ich dabei an die Physiotherapie. Hilfreich, oder? Wenn man die perfekte Behandlung findet schon! Aber diese hier verdient eine nachträgliche Spezialbehandlung. „Ich mach heut etwas Lavendelöl in den Verdampfer. Gut für die Entspannung. Was machst du dann heute noch so?", fragte die Physiotherapeutin Petra Panne. „Ich schreibe meine Masterarbeit über ehrenamtliches Engagement." „Ehrenamtlich? Was machst du da so?" „Ich engagiere mich in Theaterprojekten und berate queere Menschen." „Queer, aha. Was ist das denn alles?", zeigte sie Interesse. „Zum Beispiel Menschen, die schwul, lesbisch, bi oder trans* sind." „trans*? Aha. Naja, ich habe mal bei einer Person hospitiert. Das mit der Operation ist schrecklich. Das schadet dem Körper auch." Sie redete sich in Rage, kniff fester zu. Aua! „Das sollte man eigentlich verbieten, findest du nicht?“ Zwickt sie mich gerade aus Wut? Aua. Das brennt. Ich wollte etwas sagen, aber mein Mund - wie zugenäht. Nach 25 Minuten verließ sie das Zimmer mit einem „Danke für das Gespräch – bis zum nächsten Termin.“

Zu Hause angekommen, fühlte ich mich unwohl. Mir war übel. Dann Kopfschmerzen. Erstmal hinlegen. Ich schlief eine gefühlte Ewigkeit. Als ich aufwachte, fühlte ich mich schwer. Ich nahm ein Bad und verwendete meinen typischen Lavendelzusatz. Als mir der Duft in die Nase stieg und die brodelnde Hitze des Wassers begann, meinen Körper zu lockern, verstand ich – die Behandlerin war schwer übergriffig gewesen. Sie verstand meine Erwähnung der Beratung zu trans*Themen als Einladung, mir ungefiltert ihre TERF-Meinung (transausschließende radikale Feministin) mitzuteilen. Ich kam als Patient zu ihr, aufgrund von Beschwerden, und verließ die Praxis mit mehr Verspannungen. Ihre eigene Meinung zum Thema trans* war in dieser Situation völlig deplatziert, und sie hatte definitiv ihren Groll bei mir abgeladen, mit dem ich nach Hause gegangen war. Aber was konnte ich tun? Die Situation war vorbei. Zu spät, dachte ich. Aber dann ein Gedankenblitz: Schreib es auf! Ich kaufte eine kleine Karte mit einem Lavendelfeld aus der Provence, auf der ich notierte:

*Kleines Feedback zur Behandlung: Nach der Massage fühlte ich mich schlechter als vorher. Mein Rücken auf Krawall gebürstet, mehr Schmerzen, und die trans*phobe Meinung war wie Senf auf einer Pizza - irgendwie unpassend. Ich denke, meine Haltung zur Thematik ist klar, wenn ich mich dafür einsetze. Außerdem bin ich wegen meiner Beschwerden in der Behandlung und möchte diese behandelt haben – fand es übergriffig. Liebe Grüße, M.*

Ich ging noch einmal zu Petra Panne. „Du schreibst dir auch alles von der Seele, oder?“, sagte sie. Sie entschuldigte sich nicht – rechtfertigte sich aber auch nicht. Ich wechselte danach die Physiotherapeutin. Doch hatte ich etwas Entscheidendes gelernt: Rückmeldung zu geben und mich zu wehren. Dafür ist es nicht zu spät, wenn man nicht sofort schlagfertig reagiert - von der Kraft der Situation sind wir oft überfahren. Aber eine Aussprache kann auch später noch gelingen. Wenn etwas bei uns landet, können wir es später zurückgeben.

Tübingen, 2015

Achtsamkeits-Aroma

Zutaten:

1 Prise Machtkritik
20 Esslöffel Sensibilität
Eine Handvoll Wertschätzung
3 Tropfen Selbstreflexion
1 Teelöffel Respekt

Kirschvanille-Kondome

Seit meiner Kindheit tanzt mein Hirn den Migräne-Walzer, doch im Studium eskalierte die monatliche Kopfschmerz-Soiree zu einem mehrmals wöchentlichen Pochen, Stechen und Schwindel-Rave. Nach einem halben Jahr Warten auf einen Arzttermin saß ich nun stundenlang in einem Tübinger Wartezimmer. Mit Magazinen über prähistorische Penisdarstellungen bis zu aktuellen Modetrends aus Cannes verging die Zeit in Slow Motion, bis endlich der Vorhang aufging für mein persönliches Gesundheitsdrama. „Ich bin Frau Dr. Geier", sagte sie. Nachdem ich meine Leiden, darunter Kopfschmerzen mit aufsteigendem Pochen hinter den Augen, geschildert hatte, lautete ihre Diagnose: "Migräne mit und ohne Aura" – eine Art VIP-Karte für exklusive Kopfschmerzpartys. Dann kam die unerwartete Wendung: „Und wie steht es um Ihre Sexualität?" Ein kurzer Moment der Stille, ich dachte: *Oh ja, meine Migräne ist bestimmt ein Liebesakt zwischen meinen Gehirnzellen.* Ich gestand: „Ich habe einen festen Freund." Als wäre das der Code für irgendein geheimes neurologisches Ritual. Doch da war noch nicht Schluss. „Haben Sie auch einen HIV-Test gemacht?", fragte sie, als wäre mein Gehirn ein potenzieller Überträger von Kopfschmerzen und nicht nur von Gedanken. Natürlich hatte ich das, regelmäßig und gewissenhaft. Ihr Blick sagte mehr als tausend Worte. „Kopfschmerzen können auch daher kommen", erklärte sie, als wäre mein Gehirn auf eine wilden Party gegangen und hätte sich dort infiziert. „Mit sieben Jahren?", fragte ich irritiert. Ihr Blick blieb ein Mysterium, und der Oscar für die skurrilsten medizinischen Fragen geht an... Als Rezept gegen meine Schädel-Raves empfahl sie Triptane, High-End-Medikamente.

„Die sollten Sie ab sofort immer dabei haben, so wie Sie wahrscheinlich immer Kondome im Geldbeutel haben", sagte sie.

Ich hob skeptisch die Augenbrauen. Ein weiterer Höhepunkt des heutigen Neurologie-Comedy-Acts, bei dem ich die Pointe verpasst hatte. Kondome im Geldbeutel? Ja, genau das ist mein bevorzugtes Accessoire für alle Fälle von? Während sie weiterredete, hatte sich mein Kopf im sarkastischen Echo ihres Satzes verfangen. „Glauben Sie wirklich, wir sind ständig bereit für den nächsten Quickie? Einen Moment, ich organisiere gerade mein neuestes Abenteuer an einem ungewöhnlichen Ort. Schwanzgesteuertes Multitasking nennt man das, oder?“ Meine Schlagfertigkeit hatte sich in ein Walross in der Mittagspause verwandelt, und obwohl meine Hirn-Handtasche eine ganze Bibliothek an Fragen barg, befand sich mein Mund im Streik. Ob ich Dr. Geier diese Geschichte einmal zuschicke? Ich weiß nicht. Was ich weiß: Triptane, gepaart mit Kirsch-Vanillekondomen: meine Top-Flop-Favoriten.

Mein Leben könnte ein absurder Foodblog sein – die Ärztin und ihre Kondome haben definitiv einen speziellen Platz als Geschmacksexplosion. Derb-lustige Arzt*innenmomente sind nie okay, vor allem, wenn sie sich im ungleichen Machtspiel zwischen Mediziner*innen und Patient*innen abspielen. Dr. Geier würde ich übrigens Bonbons in Kondomform in den Geschmacksrichtungen Reflexiver Zitronenüberheblichkeit oder Machtungleichgewicht Minze empfehlen – für den gewissen Extra-Kick in der Sprechstunde.

CSDelight

„Die AfD – ist nicht alles schlecht, was die sagen“, sagt eine Freundin im Schwimmbad. Ich verschlucke mich am Kaffee. Ich frage sie, ob sie weiß, dass die gegen queere Menschen sind. „Das können die eh nicht durchsetzen“, sagt sie. „Weißt du eigentlich, dass queere Menschen früher hier auch verfolgt und getötet wurden?“, sage ich. „In Landsberg doch nicht.“ Es fällt mir schwerer, mich auf das Gespräch einzulassen. „Warum organisiert ihr eigentlich einen CSD in Landsberg, man will doch, dass es einfach als normal gesehen wird, oder?“ *Aber sind wir da wirklich angekommen?*

Wir organisieren den CSD zum ersten Mal 2023 in Landsberg. Die Vorbereitungen laufen. Plakate werden gebastelt und Alex, ein engagierter CSD-Organisierender, hat Regenbogen-Cookies gebacken. „CSDelights“, lächelt Alex. Obwohl sie lecker aussehen, ist mir übel. Ich hatte Kommentare und Nachrichten als Reaktion auf ein Werbevideo zum CSD erhalten.

„Kranke Vögel. Ekelhaft." Olef, privates Profil, Nachricht, kein Profilfoto.

„Genau, lasst euch beraten, ihr widerliches Pack." Karin, privates Profil, Kommentar, kein Profilfoto.

„Geh sterben! Wir brauchen nicht noch mehr von euch!" Dieter, privates Profil, Nachricht, kein Profilfoto.

An diesem Nachmittag mache ich einen Spaziergang in der Hurlacher Heide und höre mir einen Podcast von Martha Nussbaum an, in dem sie sich für die Überwindung von Ekel gegenüber Homosexualität durch Mitgefühl und Bildung für Vielfalt ausspricht. Die Heide ist bekannt für Wacholderbeeren, wilde Orchideen und Magerrasen. Sie hat aber auch eine düstere Vergangenheit, geprägt von KZ-Friedhöfen und ehemaligen KZ-Standorten. Besonders Landsberg ist mit den Außenlagern von Kaufering (I bis XI) eng mit dieser Geschichte verbunden. Abwertende Kommentare und die Aussage meiner Freundin, dass in Landsberg keine queeren Menschen verfolgt wurden, beschäftigen mich. Ich recherchiere mehr und finde einen Artikel über die Erinnerung an Homosexuelle im KZ Dachau. Dabei entdecke ich Namen von Häftlingen, die hier in Landsberg ermordet wurden.

Michael Jahrsdörfer, geboren am 5. August 1896, 1941 im KZ Dachau inhaftiert und verstorben am 16. April 1945 im Außenlager Kaufering (Landsberg; Quelle Splitter 13 – Der Rosa-Winkel-Gedenkstein. Hrsg. Albert Knoll).

Das Unwissen über verfolgte Gruppen wirft Fragen auf. Nach Gesprächen im Schwimmbad war mir den ganzen Tag flau im Magen. „Sicher, dass du nicht mal probieren willst?“, fragt Alex. Na gut. Der Pride Cookie liegt leicht in meiner Hand. Der Biss in den Regenbogen-Keks ist zögerlich, mein Bauch krampft. Ein Geschmackserlebnis, das überraschend tröstlich ist. Der süße Teig, ein Genuss und die Erkenntnis, dass die süße Seite des Lebens auch mit aller Ablehnung weiter besteht. Sie muss es! "Sushi roles statt gender roles", "Trans rights are human rights" – lese ich auf den Plakaten und bin mir sicher, wie wichtig ein CSD in dieser Kleinstadt ist. Und wie wichtig es ist, weiter den Dialog zu suchen, egal wie schwer es fällt.

Queere Erzählküche II

Die Abwertungen als queere Person fühlen sich an wie tausend kleine Messerstiche, die ein Lebensrezept ganz schön durchlöchern können. In dieser schrägen Kochshow lachen Leute oft über meine "weiblichen Attribute", und eine Klassenkameradin ruft vor allen die Forderung heraus, mich endlich zu outen – als wäre meine sexuelle Orientierung das Hauptgericht. Diese Erfahrungen sind Bissen von einem überwürzten Krapfen, gefüllt mit scharfen Abwertungen (ist ja nicht böse gemeint) und bitteren Demütigungen (war nur Spaß), aber auch zuckersüßen Lernerfahrungen. Diskriminierung als Benachteiligung kann aus verschiedenen Perspektiven, darunter rechtliche und soziologische, betrachtet werden. Rechtlich bezieht sich Diskriminierung auf benachteiligende Handlungen aufgrund bestimmter Merkmale, wobei das persönliche Empfinden subjektiv ist und von der rechtlichen Definition abweichen kann. Physische queerfeindliche Gewalt, wie sie mir in der Schule widerfahren ist, lässt sich klar als Diskriminierung einordnen. Hingegen sind Äußerungen einer Ärztin als sarkastische Witze oder Kommentare schwerer zu bewerten.

Die Rechtsprechung prägt maßgeblich, was in einer Gesellschaft als normal oder akzeptabel betrachtet wird, wie die Kurzgeschichte über Paragraph 175 im zweiten Teil zeigen wird. Die Philosophin Martha Nussbaum untersuchte den Zusammenhang zwischen Emotionen wie Ekel und dem Rechtssystem für queere Menschen in den USA. Sie schlussfolgert, dass der Ekel gegenüber queeren Menschen oft eine treibende Kraft hinter rechtlichen Diskriminierungen ist, da gesellschaftliche Vorurteile und Emotionen die Grundlage für diskriminierende Gesetze bilden können (Nussbaum (2010): From Disgust to Humanity: Sexual Orientation and Constitutional Law). Hannah Arendt verdeutlicht dazu, dass es nur ein universelles Menschenrecht gibt: das Recht, überhaupt Rechte zu haben.

Universelle (westliche) Menschenrechte gelten also nicht überall, wie die Geschichte von Ahmet (Dondurma) oder Amine im zweiten Teil (Lindenblütencreme) zeigen. Allein die Angst vor symbolischer Gewalt im System kann Stress auslösen, etwa wenn man nicht weiß, wo man die Hand der Partner*in öffentlich halten kann. Es ist wichtig, auch über Diskriminierung zu schreiben, damit die Storys nicht ohne Einordnung dastehen. Mit den Kurzgeschichten möchte ich die Vielfalt der Verletzungen queerer Menschen und auch Bewältigungsstrategien aufzeigen. Meine Erzählungen in Teil I reichen von Chanel Blutsport über ungenießbare Bleistiftspitzen hin zu Hasskommentaren und spiegeln eine Entwicklung von politischer und körperlicher Wehrlosigkeit zu aktivem Widerstand wider. Die persönliche Unterscheidung zwischen Benachteiligung und Missverständnissen ist immer wieder herausfordernd.

Die folgenden Kurzgeschichten im zweiten Teil basieren auf Interviews mit queeren Menschen und verwenden dabei andere Ich-Perspektiven und auch unkonventionelle Erzählperspektiven, wie die der bayerischen Brezen oder dem Hass als Ich-Erzähler*innen, und einem Hauch magischem Realismus. Weiter geht es durch eine kulinarisch-aromatische Welt queerer Erfahrungen und dem Umgang mit Verletzungen.

Hamburg, 2000/2018

Gnocchi tanzen mit Salsa aus Zitronensaft, Mut und symbolischer Stärke von weißem Pfeffer – eine Hommage an die Kraft, aus der Asche aufzusteigen, serviert mit Selbstbewusstsein.

Gnocchi al Limone

„Guten Tag“, begrüßte Manager Alexander Conti kühl Anita Steinberg nach ihrer langen Krankheitspause und eilte ohne nach ihrem Befinden zu fragen in sein Büro. Kein „Wie geht's?“ oder „Gut erholt?“ nach fünf Wochen im Krankenhaus. Früher teilten sie Mittagessen und Rezepte – Minestrone, Torta della Nonna. „Gibt's 'ne bessere Idee als 'ne Zitrone in die Pasta zu schmeißen?“ „Buonissimo! Come una vera italiana!“, lachte Alexander früher. Nun: Keine Besserungswünsche, kein Anruf – nichts. Conti ließ einen Satz fallen, der sich in Anitas Gedächtnis brannte: „Wegen aktueller Entwicklungen wird Anita nun drei Stufen tiefer in der Hierarchie arbeiten.“ Eisiges Schweigen legte sich über den Raum. Anita war wie versteinert und saß entsetzt an ihrem Platz. Danach versuchte sie verzweifelt, ihren Manager zu erreichen: „Herr Conti nimmt zurzeit keine Termine an“, so die Aussage im Vorzimmer. Mieden die Kolleginnen sie? Okay, erstmal eine Kaffeepause. Da! Eine Vertraute: „Rita, ganz ehrlich, was ist hier los?“ Rita schien auszuweichen, aber

Anita ließ nicht locker: „Rita, komm schon. Du weißt doch was!“ Es war, als würde sie versuchen, Öl aus einem Stein zu pressen. „Na gut, ich habe gehört, dass er sich abfällig über deine, naja, wie soll ich sagen, Orientierung geäußert hat. Er hat ein Problem damit, dass du lesbisch bist. Tut mir leid.“ Rita verließ verlegen die Cafeteria, und Anita saß da und ließ das Gesagte auf sich wirken.

Am Abend in der Küche schnappte sie sich eine Zitrone. Er würde alles auf ihre Krankheit schieben. Krrrsssch! Der Saft spritzte wild umher. „Anita! Du bist gut in deinem Job. Lass nicht zu, dass ein Arschloch deine Arbeit ruiniert!“, flüsterte sie. Es reichte. Zisch! Ein saftiges Schlurp! Hier brodelte Wut und der Wille zur Veränderung. Das Unternehmen wechseln? Übertrieben. Die Abteilung wechseln? Machbar. Jeder Zitronenspritzer befeuerte ihre Entschlossenheit. Mit jedem weiteren Zischen und Spritzen festigte sich ihr Entschluss. Sie biss in die Zitrone und verzog das Gesicht. Kampfansage! In diesem kulinarischen Moment wurde ihr klar: Weg von Conti - unvermeidlich. Ihre Entschlossenheit erreichte den Höhepunkt mit dem weißen Pfeffer: „Hatschi! Aber ich bleibe im Unternehmen!“

Anita Steinberg hat nicht nur 2000 in eine andere Abteilung gewechselt, sondern leitet sie heute mit stolzer Hand. Anita Steinberg und Alexander Conti sind beide noch im gleichen Konzern. Sie gründete 2018 das erste queere Netzwerk im Unternehmen und lud alle – auch den ehemaligen Chef - stolz dazu ein:

Hallo Alexander Conti und Abteilung, ich hoffe, diese Nachricht erreicht dich bei bester Gesundheit. Heute wage ich den Schritt und gründe stolz das erste LGBTQI Netzwerk hier im Unternehmen. Es wäre mir eine Ehre, dich bei unserer Einweihung dabei zu haben und gemeinsam für mehr Vielfalt einzustehen. Mit selbstbewussten Grüßen, Anita Steinberg. Deine Power-Lesbe*

Mit der spritzigen Kraft einer Zitrone würzt Anita nicht nur ihren beruflichen Weg, sondern betont auch, dass ihr Saft der unvergessene Mut ist. Augenzwinkernd zu ihrer Liebe zu italienischen Rezepten schneidet sie heute noch Zitronen: „Mehr Saft als Alexander Conti je haben wird!“

irgendwo/irgendwann in Bayern

Bayerische Brezen-Diplomatie

Zutaten:

1 Prise Humor
2 Esslöffel eigene Anteile
erkennen
1 Würfel Kommunikationshefe

Geheimzutat: Wertschätzung

Brezen-Schwuchtel

„Warum schaust du so blöd, du Brezen-Schwuchtel?“ - das waren Ludwig Laugenbauers erste Worte an mich. Doch von Anfang an hegte ich die Hoffnung auf diese Freundschaft. Dunkel gebrannt, ordentlich gesalzen und gewürzt mit sarkastischem Humor - das zog mich magisch an. Na ja, zumindest solange er nicht wieder mit Salz auf mich losging. Das geschah oft, „Deine Salzkörner sind aber groß“, und präzise passiv-aggressiv mit Statements wie „Dein Brezenknoten sieht aus, als hätte er einen Kurs in verunglückter Teigkunst absolviert.“ Wir waren zwei Brezen, Ludwig Laugenbauer und ich. Seit einer gefühlten Ewigkeit miteinander verbunden, seit unseren gemeinsamen Schulzeiten im Backofen des Lebens. Unsere Beziehung glich einem speziellen Brezenknoten. Das Wort "Freundschaft" hat viele Geschmacksrichtungen. Freundschaft entsteht, wenn man freundlich ist. Solche Momente gab es zweifellos. Wir haben viel gelacht - oft über andere, über diverse Backwaren, aber auch über uns selbst. Er nannte das Nachbargebäck „Auftoupiertes Edel-Croissant", „Schickimicki-Muffin", „Selbstgebackener Schönheits-Cupcake" und mich eben die „Brezen-Schwuchtel", weil ich eine weiche und sanfte Breze bin. Es ging oft unter die Laugenlinie: „Schau mal die zwei aufgeblähten Quarkstrudel!", sagte er einmal über entfernte Verwandte von mir. Wenn ich seine Aggression nicht abnickte, zog er sich beleidigt in den Brotkorb zurück und ignorierte mich wochenlang, als hätte er eine Krümelmauer um sich errichtet. Es dauerte, bis ich bemerkte, dass sich dahinter ein Muster verbarg, das ich gut kannte. Deshalb funktionierte es so lange. Ich kannte es aus der frühesten Backstube. Als ich geformt wurde, neigte ich dazu, ebenso wie er zwischen völliger Abwertung und dem Aufstellen auf ein Podest der anderen Backwaren zu wechseln – diese Dynamik prägte mich, wie die Lauge meinen Brezenkörper.

Ich schnappte mir die Lehre: Knusprige Grenzen setzen ohne andere Backwaren abzuwerten. Das ist möglich. Und dann wurde die Freundschaft mit Laugenbauer ziemlich anstrengend.

Wie eine zu lange im Brotkorb liegende Breze wurde ich angespannt, ständig in Sorge, beschossen zu werden. Konflikte wirken wie Feuchtigkeit, sie blähen uns auf, lassen uns erst weich und aufgequollen erscheinen, bevor der rasche Verfall einsetzt – dann Schimmel. Irgendwann hatte ich das Gefühl, dass die Dynamik unserer Freundschaft sich darauf beschränkte, andere Backwaren abzuwerten und gegeneinander auszuspielen. Die Verhöhnung der anderen, insbesondere der weichen Brezen, diente nur dazu, die eigenen Dellen und Ecken nicht in den Vordergrund zu rücken. Für mich ist Freundschaft von gegenseitiger Hilfe geprägt, und offen über das Sprechen, was uns gestört hat, ist mir wichtig. Wenn das nicht möglich ist, sollten wir nicht stur an alten Mustern festhalten, nur weil wir im gleichen Ofen waren. Manchmal ist es notwendig, dass beide Seiten ihre Backmischung überdenken. Ihre Backmischung erkennen. Meine Prinzipien sind, dass sich Teigwaren unterstützen und verstehen können. Die Hoffnung, dass sich die Backmischungen anpassen und neue Wege für Wertschätzung gehen, gebe ich nie auf.

München 1995

Crema d'Oro (Holzgeschmack)

Zutaten:

1 Tasse Freiheitsbohnen
2 Esslöffel Mutspähne
1 Prise Vulnerabilitätsschutz
Geduldschaumkrone

Crema d'Oro Paternoster

„Ich bin schwul und lebe mit meinem Partner zusammen“, hatte sich Erik Hilmar vor dem ganzen Kollegium geoutet. Jetzt ist es raus. Erik Hilmar, der Polizeibeamte. „Ich hätte gern noch mehr Zucker.“ Man muss sich mal was gönnen, bei Dallmayr, Münchens ehrwürdigstem Kaffeehaus. Sein Blick schweift durch die verschiedenen Kaffeesorten, toll, diese Vielfalt an Kaffeebohnen. Noch einen für zu Hause. Ja. Er gönnt sich viel zu wenig. Crema d'Oro? Ethiopia Yirgacheffe? Ganz klar. Crema d'Oro – denn das würde eine neue Zeit werden, eine goldene, befreite Zeit. Das Rasseln der Kaffeebohnen im Behälter, das Klirren der Kaffeelöffel der Gäste. Ein Hauch von gerösteten Nüssen in der Luft, zarter Duft von Karamell, der süßlich in der Nase kitzelt. Vollmundig. Erik ist frei.

Das Outing ist nun ein halbes Jahr her. An diesem Montag kommt er zu spät, die Bahn. Wieder Verspätung. Mist. Er betritt das alte Polizeipräsidium. Ehrwürdig knarren die hölzernen alten Paternoster, fahren erhaben rauf und runter. Hüpf. Schon ist er drinnen. Der Polizeidirektor will ihn sprechen. Wilhelm Richter. Ruhiger Mann, um die 60. Der will sonst nie was. Naja, mal sehen.

„Setzen Sie sich, Herr Hilmar. Darf ich Ihnen Kaffee anbieten?“ „Ja gerne, Herr Richter.“ Morgens braucht er viel Kaffee, um in die Gänge zu kommen. Richter gießt eine volle Tasse ein. War das Crema d’Oro? „Herr Hilmar, Sie wissen, ich schätze Sie als Mitarbeitenden.“ Erik nippt. Au, viel zu heiß. Zunge verbrannt. Crema d’Oro. Zweifellos. „Danke, Herr Richter. Ich Sie auch." „Wie soll ich es Ihnen sagen. Vor einiger Zeit haben Sie sich geoutet. Ich hatte große Probleme damit.“ Keiner sagte etwas. Erik Hilmar fühlt sich unwohl. „Naja, Sie müssen wissen, vorher, vor allem in den 1960er Jahren, aber auch später, sollten wir diese Menschen verfolgen. Und jetzt sitzt einer davon in meinem Team.“ Er trinkt noch einen Schluck Kaffee. „Verstehen Sie mich nicht falsch. Ich schätze Sie, aber ich habe meine Probleme damit, auch wenn der Paragraph 175 1994 abgeschafft wurde. Aber das war erst vor einem Jahr.“ Der Kaffee riecht jetzt anders. Rauchig, fast schon verbrannt. Von einer bitteren Note überschattet, die sich wie ein dunkler Schleier ausbreitet. Der Kaffee scheint nun fast vergiftet, verdorben von den Worten von Herrn Richter. „Es ändert nichts, Herr Hilmar, ich wollte es Ihnen nur sagen.“ Erik spürt, wie sich seine Stimmung von Freiheit zu Verunsicherung wandelt, während der Kaffee auf seiner Zunge eine unangenehme Spur hinterlässt.

An diesem Tag verlässt Erik Hilmar das Präsidium etwas getrübt. Die Entscheidung, sich zu outen, bereut er trotzdem nicht. Beim Verlassen hüpft er in den Paternoster. Die alten Dinger sind seit 60 Jahren in Betrieb, obwohl es schon lange Fahrstühle gibt. Eine nette Tradition, die sich so leicht nicht aus dem Präsidium wegdenken lässt. Der holzige Geruch, der ihn nun umgibt, wie eine Mischung aus Vergangenheit und Gegenwart – eine Erinnerung an die langjährige Beständigkeit des Paternosters. Auf und Ab. Mit einem leisen Lächeln denkt er daran, dass einige Traditionen vielleicht überdacht werden sollten, um Raum für Veränderungen und Fortschritt zu schaffen. Am Nachmittag schmeckt der Kaffee d’Oro bei Dallmayr wieder süß, wie er ihn mag: Golden, nussig und mit viel Zucker.

Kaufering, 2024

Zutaten:

1 Tasse getrocknete Lindenblüten
1/2 Tasse Olivenöl und Vielfalt
2 Esslöffel Geschichte
1 Teelöffel Demokratie
5 Tropfen ätherisches
Rosmarinöl

Lindenblütencreme

Jeden Sonntag nimmt Amine zu meinen Füßen Platz, im Schatten der Sonne spende ich Stille am Baggersee in der Hurlacher Heide. Amine lernt Deutsch und führt Selbstgespräche. Unwissend darüber, dass ich alles verstehe, was er erzählt. Im Winter ziehe ich mich zurück, sammle Kraft für den Frühling. Seit 300 Jahren stehe ich hier, als Ernährerin, Luftmacherin, Zeitzeugin – jede Sommerbrise getragen vom süßen Duft meiner Blüten. Ich bin eine Sommerlinde. Aus Luft und Boden ziehe ich meine Nahrung, eine Prise Stickstoff für Blätter und Wurzeln. Gleiches gilt für die Menschen – Ohne ihren täglichen Schuss Stickstoff wäre ihr Gehirn ein schlapper Luftballon! Phosphor ist mein Geheimrezept für honigsüße Blüten. Während des Sommers suchen Spaziergänger, darunter auch Amine, in der Heide und am Baggersee nach Antworten. Doch die Harmonie wird gestört: Eine aschefarbene Lache auf der Oberfläche des Baggersees. Im Sommer ziehen furchtbare Unwetter auf, entladen sich über der Heide, demütigen sie. Selbst in meiner

Nähe schlägt der Blitz ein, wie ein Kampfgefährte, der den Magerrasen verdroschen hat. Tag für Tag wirkt es, als würde etwas die Ruhe stören, etwas, das in die Landschaft, in die Heide, sogar in meine Rinde eingeschrieben ist.

Amine verharrt in nachdenklichem Schweigen, während meine Lindenblüten glühen und ihren süßen Duft verströmen. Im Zusammenspiel von Wind und Blättern zaubern sie ein zitterndes Schattenspiel auf die Heide. In diesen Schatten verliert sich Amine in den Erinnerungen an seine Heimatstadt im Iran. Tief in Gedanken vergraben, erinnert Amine sich daran, wie er die Heimat verlassen musste. Ein Schatten der Angst, denn die eigenen Brüder planten Amine zu ermorden, wegen einer Identität, die sie nicht akzeptieren wollten.

Ich erinnere mich an das dumpfe Dröhnen von Maschinen, die wie gigantische Wesen über den Boden walzten, Baumassen abtrugen. Langsam, beinahe unmerklich, füllte sich der Boden mit Grundwasser. Ein leises Murmeln, Regen. Kröten fanden ihren Weg in den Baggersee, Höckerschwäne nutzten die Wasseroberfläche als Landebahn. Trugen Fischeier ins Wasser. Eine Verwandlung hatte sich vollzogen:

Bald erinnerte nichts mehr an die Vergangenheit und dass hier einst ein Konzentrationslager stand und im Baggersee versank. Ich erinnere mich an die Errichtung des Lagers, an grauenhafte Ereignisse und wie zahlreiche Menschen ihr Leben verloren. Das Lager wurde in Brand gesteckt, dicker Rauch legte sich auf meine Rinde. In diesem Jahr dufteten meine Blüten nicht süß.

Und ich habe Angst, dass sich diese Geschichte wiederholt. Denn ich hoffe, dass ich meine Äste noch lange für Menschen wie Amine ausstrecken kann, die aufgrund von Gewalt und Hass ihre Heimat verlassen müssen. Hoffentlich spendet mein süßes Blütenaroma ihnen weiterhin Trost und bewahrt sie für lange Zeit in Sicherheit. Vielleicht spendiere ich großzügig meinen Phosphor-Kick und süßen Zucker für vergessliche menschliche Köpfe. Wenn sie mit Phosphor aufgepeppt werden, strahlen sie heller als meine Frühlingsblüten! Und Blütenzucker? Daraus kann man auch Gedächtniscremes, Tees und Honig zaubern – alles Tinkturen gegen das Vergessen!

Berlin, 2024

Hell's Kitchen (Cocktail):

Zutaten:

4 cl Respekt-Rum
Empower-Mint für Dialog
(gegen Mundgeruch)
1 Dose Feminine-Stärke-Soda
Schlagfertigkeits-Zuckerrand

Teufelsküche

„Hier ist dein Hell's Kitchen, Darling. Versuch mal, dich weniger weiblich zu benehmen, vielleicht gibt's dann mehr Action mit den Boys. Das passt auch besser zu deinem südländischen Look“, spottet der Barkeeper, während er Farid einen Hells Kitchen in der Bar Blond in Berlin serviert. „Ich bin doch maskulin genug“, stottert Farid. „Honey, du bist viel zu passiv dafür. Deswegen habe ich dir noch einen Zuckerrand ans Glas von deinem Cocktail gemacht“, höhnt der Barkeeper. Zu weiblich? Und deswegen klar: passiv. Farid hasst es, wenn man das sagt. In der schillernden Welt queerer Begriffe ist die Vielfalt so groß wie in einem Süßigkeitenladen – da gibt's Twinks, Bears, flauschig wie Marshmallows, Blondies, süßer als Kuchen, und Otter - warum so viele Kategorien? Farid nippt am Hell's Kitchen und wird wütend. Und da komme ich ins Spiel... dringe genüsslich durch den Mund in der zuckersauren Mischung des Cocktails in Farids Körper ein. Zucker. Speiseröhre. Sauer, oh ja. Farid verzieht sein Gesicht wie bei einem schlechten

Tinder-Date. Im Magen angekommen, mein Plan: Die Kontrolle über Farids Körper übernehmen, wie ein parasitärer Superstar. Und wer bin ich? Der Headliner – Hass, Baby. Und ab in die Blutbahn: Ich bin der Influencer in Farids Gehirn, zwischen Amygdala, Hippocampus und dem Präfrontalen Kortex. Warum ich überhaupt existiere? Keine Ahnung. Aber zwischen Selfies, Kategorien und Typen im Blond ist Farid gerade eins: Am haten. Entstanden bin ich vielleicht aus Höhlenzuckerstreitigkeiten. Heute diene ich oft als Schutzpatron für Social-Media-Neurotiker*innen oder als Werkzeug für machtbesessene Sündenbocksuche. Ich liebe Ängste und Unsicherheiten, auf denen ich bequem Platz nehmen kann. Einige nutzen gern den Queer-Hass, um ihre Macht zu festigen, ihre Weltanschauung zu glorifizieren und von anderen Problemen abzulenken. Aber auch in der queeren Community finde ich leicht Opfer, wie Farid oder den Kellner. Feindbild passivweibliche Männer. Das Denken in Gegensätzen wie Mann-Frau, aktiv-passiv und Normalitätsvorstellungen faszinieren mich. Manche Dinge haben keinen klaren Gegensatz, so wie bei Penetration – da könnte der Gegenpart das einfühlsame Umschließen sein. Dass natürlich auch nicht jeder Homosexuelle überhaupt darauf steht - auch egal. Sonst würden die Menschen ja aus dem Denken in Gegensätzen ausbrechen, das ihnen seit der Grundschule eingehämmert wurde. Ich bin das Gefühl, das Farid dazu treibt, sich am Barkeeper zu rächen. Was könnte er tun? Beleidigen? Schlagen? Irgendwas! Mach schon! Du wurdest beleidigt, willst du das einfach auf dir sitzen lassen? Ich heize an. Aber es als Beleidigung sehen? Dem Barkeeper recht geben? Farid kippt den Cocktail bis auf den letzten Tropfen hinunter und leckt den Zuckerrand vom Glas. Dann geht er zur Bar. „Ich hätte gerne noch einen Hell's Kitchen. Diesmal die Sorte weiblich-passiv, mit ignorantem Unsinn gemischt, und pack noch einen Doktortitel in Klischee-Psychologie drauf. Es ist einfach verletzend, sich von Menschen in der Community diese Stereotype anzuhören, anstatt sich zu unterstützen, wie man ist." Farid verlässt mit einem Lächeln die Bar. Der Kellner entschuldigt sich zwar nicht, denkt aber an diesem Abend lange nach. An diesem Abend habe ich keine Chance. Denn, um zu den gut bewährten Gegensätzen zurückzukommen: Dialog und Verständnis sind meine größten Feinde.

Augsburg, 2023

Tiefschwarze Abrechnung
(vegan, naturbasiert):

Sesameis
1 Prise Hass
Bitterschokolade
1 Tropfen Ethikessenz

Geheimnisvolle Zutat:
Spucke des Teufels - ja oder nein?

Eine Kugel Hass, mit Zucker glaciert I

Der Tag startete mit einem Regenschauer, der sich in einen Dauerregen verwandelte. Ich fragte Rapha, ob wir putzen wollen. Rapha strich die Haare zurück und fragte „Putzen?“ – als sei das ein Wort, das ich erfunden hatte.

„Alter, kann ich mich bei euch reinsetzen?“, hörte ich plötzlich eine Stimme. Sofort plumpste mein Herz in meinen Schoß. Wie ein lahmes Nilpferd, welches ins Wasser platscht. Rapha zeigte dem Kunden einen Tisch in der Ecke.

Ich schaute putzend hinter der Theke hervor, durch eine Lücke zwischen Vanille und Karamellsirup. Das war der Typ. Ich erkannte ihn an seinen viel zu großen Baggy Pants und an seinem schlecht gestochenen Tattoo am Hals. Garde war sein Name. Das wusste ich, weil er mit Freund*innen von mir zur Schule gegangen war. Die Luft im Café war auf einmal elektrisch geladen, und ich spürte, wie sich die Energie zwischen uns allen verdichtete. Ich lauerte hinter der Theke wie eine eingesperrte Wildkatze. Mein Herz schlug schnell, und ich atmete flach. Anfangs verschwammen die Erinnerungen. Aber die wiederkehrende Szene bekam Auftrieb, als ich den Typen hinten am Telefon raunen und lachen hörte. Ich las zur Ablenkung die Fähnchen der Eissorten, die witzige Namen wie *Alberne Ananas-Palme* trugen: Ein erfrischendes Ananas-Kokos-Eis mit kleinen Palmen aus Schokolade und Gummibärchen getarnt als Kokusnüsse (besonders beliebt bei frisch verliebten Paaren). Oder *Zottelige Monsterbeeren*: Ein wildes Beeren-Eis mit Wirbeln von Schokoladenspänen, die an die Haare von lustigen Monstern erinnern (der Renner bei Kleinkindern). Raphas Lieblingssorte (selbst kreiert) war die *Tiefschwarze Abrechnung*: Schwarzes Sesam-Eis mit Bitterschokolade und schwarzem Pfeffer. „Wer kein Eis mag, ist ein Roboter in menschlicher Tarnung", sagte Rapha häufig. Wir hatten es uns heute Vormittag zur Aufgabe gemacht, die Kundschaft in Gruppen zu clustern: Da waren die *Eiskugel-Stapler*innen*, mutige Genießende jeden Alters, die versuchten, ihre Eistüten so hoch wie möglich zu türmen, ohne dass sie umkippten. Dann gab es die *Geschmacksexplorierenden,* die Lara Crofts der Eiswelt. Mit ungewöhnlichen Sorten aus unserem Angebot wie Gurke-Minz oder Zitronen-Basilikum (die ich noch nicht probiert habe). Die *Eiscreme-Kreativen* konnten sich oft nicht entscheiden und waren wahre Meister*innen der Verzierung. Und nicht zu vergessen die *Selfie-Profis*: Sie inszenierten regelrechte Fotoshootings, wobei schon mal die ein oder andere Kugel auf dem Boden landete. Und dann gab es noch jene Kundschaft, die man kannte. Nicht unbedingt von der Arbeit, aber aus der Kleinstadt. Aus der Nachbarschaft, der Schulzeit, vom Sehen. Wie Garde, der gerade im Laden in der Ecke saß. Ich erinnerte mich jetzt, an meine Begegnung mit ihm auf dem Hauptplatz der Stadt, ich war auf dem Weg zur Eisdiele, zur Arbeit. Noch schnell einkaufen gehen: Deodorant, Wattepads, Nagellack und solchen Kram. Dieser Typ, Garde, kam mir entgegen. Dann ging alles schnell. Er packte mich am Arm und sagte: „Ihr werdet nie Frauen sein.“ Im nächsten Moment - Splosh - spuckte er mir ins Gesicht.

Eine Kugel Hass, mit Zucker glaciert II

Ein paar Jugendliche hatte die Szene beobachtet, sie liefen aber weiter, als sei nichts geschehen. Dann wischte ich mir an der Ecke die Spucke aus dem Gesicht. Diese Situation hat mein Leben verändert. Noch hatte ich keine Ahnung, wie tief das Ganze sitzen würde. Erst später spürte ich mein Herz rasen. Hilflosigkeit und Überwältigung vermischten sich und verrührten sich zu toxischem Schlamm. In der Arbeit angekommen, aß ich eine Kugel Honigeis mit Schokoglasur. Eine unsichtbare Hand hatte mit diesem Moment eine bittere Essenz aus Angst und Gewalt zusammengebraut. Danach wurde die Mischung mit Honig abgeschmeckt und mit Zucker glaciert. Ein bittersüßes Aroma war geschaffen.

Ich mochte Rapha, weil er mir das Gefühl gab, akzeptiert zu werden. Als junge trans*Frau war das auch nicht selbstverständlich in der Kleinstadt. Rapha war pansexuell. Wir erzählten uns im Grunde alles: Anekdoten, Leidensgeschichten, Rezepte, Zukunftspläne und Träume. Wir ergründeten, bedauerten, beschuldigten und verstanden einander. Rapha war beliebt und attraktiv. Die Haut war wie Porzellan, glatt und beinahe transparent. Raphas Augen zogen Aufmerksamkeit magisch an, sie glänzten wie Smaragde im Ovalschliff. Als hätte jemand dieses Gesicht sorgsam entworfen. Doch in Raphas Augen lag auch eine unergründliche Tiefe, etwas Abgründiges: Anfangs behauptete Rapha, zwölf Euro pro Stunde zu verdienen, in Wahrheit waren es acht. Die Differenz nahm sich Rapha aus der Kasse. Definitiv ein eigenwilliges Verständnis von Gehaltserhöhung.

„Alberne Ananas-Palme“, sagte Rapha und riss mich zurück in die Gegenwart. „Einmal Alberne Ananas Palme, für die Person in der Ecke... Geht es dir gut?“, fragte Rapha besorgt und bemerkte mein Unwohlsein. Ich erzählte ihm, was vorgefallen war. „Dieser Wurm! Das kriegt er zurück“, sagte Rapha und begann mit der Zubereitung. Mit dem Löffel füllte er Sesamschokolade in den Becher und dekorierte das Ganze mit schwarzem Pfeffer. „Was machst du da? Das ist *nicht* der Ananas Becher“, sagte ich verwirrt. „Nein, ist es nicht. Der Typ bekommt meine Tiefschwarze Abrechnung.“ Es war keine gute Idee gewesen, Rapha davon zu erzählen. Rapha wollte Vergeltung.

„Schatz, es ist deine Chance. Gib es ihm zurück!“ Rapha schob den Becher zu mir herüber und lehnte sich verführerisch auf die Theke: „Spuck rein!“ Raphas Augen funkelten. „Sonst mach ich's nach der Pause.“ Bösartiger Unterton. In diesem Moment spürte ich einen unausweichlichen Strudel, als Rapha beschloss, wie die Vergeltung aussehen musste. „Ich erledige das“, sagte ich selbstbewusst. Rapha ging in die Pause. Ich blieb bei der Abrechnung. Garnierte alles mit Sesam und extra Pfeffer.

„Eine Kugel Hass mit Zuckerglasur, Garde. Lass es dir schmecken.“

Er sah erschrocken aus wie ein kleines Kind in einem dunklen Raum. Garde erkannte mich. Ich ließ ihn zurück. Ich hatte in diesem Moment doppelt gewonnen: Ich hatte mich nicht zu Gewalt hinreißen lassen und Rapha getäuscht. Denn Rapha hatte kein Erbarmen. Später zeigte ich bei der Polizei an, dass ich damals bespuckt wurde.

EAU
DE
COURAGE

Eau de Courage

Die Kurzgeschichten sind mit Regenbogenglasur, einem Hauch Zitronenaroma und weiteren Zutaten abgeschmeckt. Einige bleiben rau wie Glasscherben im Hals. Auch wenn manche auf realen Erfahrungen basieren, sind viele Details frei erfunden. Verletzende Erfahrungen können nicht ungeschehen gemacht, aber bewältigt werden. Mein Blick als queere, nichtbinäre Person ist begrenzt. Dieses Buch ist das Ergebnis vieler Tränen – spürst du den salzigen Duft zwischen den Zeilen? Hass gegen queere Menschen kann aus verschiedenen Gründen entstehen, basierend auf sozialen, kulturellen und individuellen Faktoren. Vorurteile, Gesetze, religiöse Überzeugungen, sozialer Druck, Ängste, Unsicherheiten und Machtstrukturen können Quellen für Hass sein, der zu Mikroaggressionen und im schlimmsten Fall zu Gewalt und Unterdrückung führt. Ich habe die Frage zu Beginn gestellt - was können wir gegen diese Verletzungen tun?

Gemeinschaftsunterstützung suchen: Vernetzung in queeren lokalen oder online Gruppen, besonders in ländlichen Gegenden. Falls solche Netzwerke noch nicht existieren, überlegen wir, wie wir sie ins Leben rufen können.

Bildung und Aufklärung: Verbreitung von Informationen über queere Identitäten, Geschichte und Kultur zur Vorurteilsbekämpfung. Martha Nussbaum warnt vor einseitig wirtschaftlicher Bildungsfokussierung, während philosophische Bereiche vernachlässigt werden. Doch sind diese philosophischen Fähigkeiten nicht entscheidend für Demokratie, Vielfalt und den Abbau von Hass? Sorgsamer Umgang mit Sprache als mächtigem Werkzeug zur Förderung positiver Veränderungen.

Sichere und positive Räume schaffen: Sich in Umgebungen aufhalten, die Akzeptanz und Unterstützung für queere Menschen bieten. Dies gilt "Offline" wie im "Online-Leben". Auch Künstliche Intelligenz muss so trainiert werden, dass sie in der Lage ist, vulnerable Gruppen zu schützen.

Selbstfürsorge und Beratung: Sich Zeit für emotionales Wohlbefinden nehmen und sich bei Bedarf professionelle Unterstützung holen und Therapie aufsuchen.

Sichtbarkeit und Aktivismus und Dialog: Setze dich aktiv für die Rechte und Sichtbarkeit queerer Menschen ein, sei es durch Projekte, Vereine oder Demoteilnahmen. Vernetze dich, um Vorurteile abzubauen, hinterfrage benachteiligende rechtliche Vorgaben und handle behutsam, um Verhärtungen und Radikalisierung auf beiden Seiten zu vermeiden. Kommuniziere offen Unsicherheiten und Gefühle.

Eau de Courage – ein Duft, den du nicht im Laden findest: **Mut**, die gedankliche Tonka-Bohne, die wir hinzufügen. Stell dir vor, eine Prise Verständnis, ein Spritzer Solidarität, Geduld und eine ganze Wolke eigenes Denken, natürlich Humor – voilà, da ist er, der Duft der unerschütterlichen Courage. Du trägst ihn nicht nur, sondern schenkst ihn anderen und lässt ihn in der Welt verwehen. Denn Courage ist nicht nur ein Duft; es ist ein Parfüm, ein Aroma, ein Zuckerguss, der Hass überwindet und Menschen verbindet.

MAX FERDINAND WALDMANN

Max Ferdinand Waldmann erkundet mit Leidenschaft Diversität, Sucht, queere Themen und Ausgrenzung. 2023 erhielt Waldmann eine Nominierung für den Deutschen Engagementpreis. Als queere, nicht-binäre Person verleiht Max den Werken mit Humor eine einzigartige Note, um zu zeigen, dass Herausforderungen gemeistert werden können. In "Eine Kugel Hass, mit Zucker glaciert" taucht Waldmann tief in die Welt der Diskriminierung queerer Menschen ein, beleuchtet ihre Verletzungen und zeigt, wie das Schreiben Zuflucht und Empowerment bieten kann. Max' Schreibstil ist ein künstlerischer Akt queerer Rebellion. Waldmanns Geschichten laden ein, sich auf eine Reise der Selbsterkenntnis und Solidarität zu begeben und Grenzen zu überwinden. In einer Welt, die nach Verständnis schreit, erweist sich Waldmann als emotional, erhebend und zutiefst menschlich.